HÉSIODE ÉDITIONS

BALZAC

La Paix du ménage

Hésiode éditions

© Hésiode éditions.

1 rue Honoré - 93500 Pantin.
ISBN 978-2-38512-048-1
Dépôt légal : Octobre 2022

Impression Books on Demand GmbH

In de Tarpen 42
22848 Norderstedt, Allemagne

La Paix du ménage

L'aventure retracée par cette Scène se passa vers la fin du mois de novembre 1809, moment où le fugitif empire de Napoléon atteignit à l'apogée de sa splendeur. Les fanfares de la victoire de Wagram retentissaient encore au cœur de la monarchie autrichienne. La paix se signait entre la France et la Coalition. Les rois et les princes vinrent alors, comme des astres, accomplir leurs évolutions autour de Napoléon qui se donna le plaisir d'entraîner l'Europe à sa suite, magnifique essai de la puissance qu'il déploya plus tard à Dresde.

Jamais, au dire des contemporains, Paris ne vit de plus belles fêtes que celles qui précédèrent et suivirent le mariage de ce souverain avec une archiduchesse d'Autriche ; jamais aux plus grands jours de l'ancienne monarchie autant de têtes couronnées ne se pressèrent sur les rives de la Seine, et jamais l'aristocratie française ne fut aussi riche ni aussi brillante qu'alors. Les diamants répandus à profusion sur les parures, les broderies d'or et d'argent des uniformes contrastaient si bien avec l'indigence républicaine, qu'il semblait voir les richesses du globe roulant dans les salons de Paris. Une ivresse générale avait comme saisi cet empire d'un jour. Tous les militaires, sans en excepter leur chef, jouissaient en parvenus des trésors conquis par un million d'hommes à épaulettes de laine dont les exigences étaient satisfaites avec quelques aunes de ruban rouge. À cette époque, la plupart des femmes affichaient cette aisance de mœurs et ce relâchement de morale qui signalèrent le règne de Louis XV. Soit pour imiter le ton de la monarchie écroulée, soit que certains membres de la famille impériale eussent donné l'exemple, ainsi que le prétendaient les frondeurs du faubourg Saint-Germain, il est certain que, hommes et femmes, tous se précipitaient dans le plaisir avec une intrépidité qui semblait présager la fin du monde. Mais il existait alors une autre raison de cette licence. L'engouement des femmes pour les militaires devint comme une frénésie et concorda trop bien aux vues de l'empereur, pour qu'il y mît un frein. Les fréquentes prises d'armes qui firent ressembler tous les traités conclus entre l'Europe et Napoléon à des armistices, exposaient les passions à des dénoûments aussi rapides que les décisions du chef suprême de ces kolbacs, de ces dolmans et de ces aiguillettes qui plurent tant au beau sexe. Les cœurs furent donc alors nomades comme les régiments. D'un premier à un cinquième bulletin de la Grande-Armée, une femme pouvait être successivement amante, épouse, mère et veuve. Était-ce la perspective d'un prochain veuvage, celle d'une dotation, ou l'espoir de porter un nom promis à l'Histoire, qui rendirent les militaires si séduisants ? Les femmes furent-elles entraînées vers eux par la certitude que le secret de leurs passions serait enterré sur les champs de bataille, ou doit-on chercher la cause de ce doux fanatisme dans le noble attrait que le courage a pour elles ? peut-être ces raisons, que l'historien futur des mœurs impériales s'amusera sans doute à peser, entraient-elles toutes pour quelque chose dans leur facile promptitude à se livrer aux amours. Quoi qu'il en puisse être, avouons-le-nous ici : les lauriers couvrirent alors bien des fautes, les femmes recherchèrent avec ardeur ces hardis aventuriers qui leur paraissaient de véritables sources d'honneurs, de richesses ou de plaisirs, et aux yeux des jeunes filles une épaulette, cet hiéroglyphe futur, signifia bonheur et liberté. Un trait de cette époque unique dans nos annales et qui la caractérise, fut une passion effrénée pour tout ce qui brillait : jamais on ne donna tant de feux d'artifice, jamais le diamant n'atteignit à une si grande valeur. Les hommes aussi avides que les femmes de ces cailloux blancs s'en paraient comme elles. Peut-être l'obligation de mettre le butin sous la forme la plus facile à transporter mit-elle les joyaux en honneur dans l'armée. Un homme n'était pas aussi ridicule qu'il le serait aujourd'hui, quand le jabot de sa chemise ou ses doigts offraient aux regards de gros diamants. Murat, homme tout oriental, donna l'exemple d'un luxe absurde chez les militaires modernes.

Le comte de Gondreville, l'un des Lucullus de ce Sénat Conservateur qui ne conserva rien, n'avait retardé sa fête en l'honneur de la paix que pour mieux faire sa cour à Napoléon en s'efforçant d'éclipser les flatteurs par lesquels il avait été prévenu. Les ambassadeurs de toutes les puissances amies de la France sous bénéfice d'inventaire, les personnages les plus importants de l'Empire, quelques princes même, étaient en ce moment réunis dans les salons de l'opulent sénateur. La danse languissait, chacun attendait l'empereur dont la présence était promise par le comte. Napoléon aurait tenu parole sans la scène qui éclata le soir même entre Joséphine et lui, scène qui révéla le prochain divorce de ces augustes époux. La nouvelle de cette aventure, alors tenue fort secrète, mais que l'histoire recueillait, ne parvint pas aux oreilles des courtisans, et n'influa pas autrement que par l'absence de Napoléon sur la gaieté de la fête du comte de Gondreville. Les plus jolies femmes de Paris, empressées de se rendre chez lui sur la foi du ouï-dire, y faisaient en ce moment assaut de luxe, de coquetterie, de parure et de beauté. Orgueilleuse de ses richesses, la banque y défiait ces éclatants généraux et ces grands-officiers de l'empire nouvellement gorgés de croix, de titres et de décorations. Ces grands bals étaient toujours des occasions saisies par de riches familles pour y produire leurs héritières aux yeux des prétoriens de Napoléon, dans le fol espoir d'échanger leurs magnifiques dots contre une faveur incertaine. Les femmes qui se croyaient assez fortes de leur seule beauté venaient en essayer le pouvoir. Là, comme ailleurs, le plaisir n'était qu'un masque. Les visages sereins et riants, les fronts calmes y couvraient d'odieux calculs ; les témoignages d'amitié mentaient, et plus d'un personnage se défiait moins de ses ennemis que de ses amis. Ces observations étaient nécessaires pour expliquer les événements du petit imbroglio, sujet de cette Scène, et la peinture, quelque adoucie qu'elle soit, du ton qui régnait alors dans les salons de Paris.

– Tournez un peu les yeux vers cette colonne brisée qui supporte un candélabre, apercevez-vous une jeune femme coiffée à la chinoise ? là, dans le coin, à gauche, elle a des clochettes bleues dans le bouquet de cheveux châtains qui retombe en gerbes sur sa tête. Ne voyez-vous pas ? elle est si pâle qu'on la croirait souffrante, elle est mignonne et toute petite ; maintenant, elle tourne la tête vers nous ; ses yeux bleus, fendus en amande et doux à ravir, semblent faits exprès pour pleurer. Mais, tenez donc ! elle se baisse pour regarder madame de Vaudremont à travers ce dédale de têtes toujours en mouvement dont les hautes coiffures lui interceptent la vue.

– Ah ! j'y suis, mon cher. Tu n'avais qu'à me la désigner comme la plus blanche de toutes les femmes qui sont ici, je l'aurais reconnue, je l'ai déjà bien remarquée ; elle a le plus beau teint que j'aie jamais admiré. D'ici, je te défie de distinguer sur son cou les perles qui séparent chacun des saphirs de son collier. Mais elle doit avoir ou des mœurs ou de la coquetterie, car à peine les ruches de son corsage permettent-elles de soupçonner la beauté des contours. Quelles épaules ! quelle blancheur de lis !

– Qui est-ce ? demanda celui qui avait parlé le premier.

– Ah ! je ne sais pas.

– Aristocrate ! Vous voulez donc, Montcornet, les garder toutes pour vous.

– Cela te sied bien de me goguenarder ! reprit Montcornet en souriant. Te crois-tu le droit d'insulter un pauvre général comme moi, parce que, rival heureux de Soulanges, tu ne fais pas une seule pirouette qui n'alarme madame de Vaudremont ? Ou bien est-ce parce que je ne suis arrivé que depuis un mois dans la terre promise ? Êtes-vous insolents, vous autres administrateurs qui restez collés sur vos chaises pendant que nous sommes au milieu des obus ! Allons, monsieur le maître des requêtes, laissez-nous glaner dans le champ dont la possession précaire ne vous reste qu'au moment où nous le quittons. Hé ! diantre, il faut que tout le monde vive ! Mon ami, si tu connaissais les Allemandes, tu me servirais, je crois, auprès de la Parisienne qui t'est chère.

– Général, puisque vous avez honoré de votre attention cette femme que j'aperçois ici pour la première fois, ayez donc la charité de me dire si vous l'avez vue dansant.

– Eh ! mon cher Martial, d'où viens-tu ? Si l'on t'envoie en ambassade, j'augure mal de tes succès. Ne vois-tu pas trois rangées des plus intrépides coquettes de Paris entre elle et l'essaim de danseurs qui bourdonne sous le lustre, et ne t'a-t-il pas fallu l'aide de ton lorgnon pour la découvrir à l'angle de cette colonne où elle semble enterrée dans l'obscurité malgré les bougies qui brillent au-dessus de sa tête ? Entre elle et nous, tant de diamants et tant de regards scintillent, tant de plumes flottent, tant de dentelles, de fleurs et de tresses ondoient, que ce serait un vrai miracle si quelque danseur pouvait l'apercevoir au milieu de ces astres. Comment, Martial, tu n'as pas deviné la femme de quelque sous-préfet de la Lippe ou de la Dyle qui vient essayer de faire un préfet de son mari ?

– Oh ! il le sera, dit vivement le maître des requêtes.

– J'en doute, reprit le colonel de cuirassiers en riant, elle paraît aussi neuve en intrigue que tu l'es en diplomatie. Je gage, Martial, que tu ne sais pas comment elle se trouve là.

Le maître des requêtes regarda le colonel des cuirassiers de la garde d'un air qui décelait autant de dédain que de curiosité.

– Eh bien ! dit Montcornet en continuant, elle sera sans doute arrivée à neuf heures précises, la première, peut-être, et probablement aura fort embarrassé la comtesse de Gondreville, qui ne sait pas coudre deux idées. Rebutée par la dame du logis, repoussée de chaise en chaise par chaque nouvelle arrivée jusque dans les ténèbres de ce petit coin, elle s'y sera laissé enfermer, victime de la jalousie de ces dames, qui n'auront pas demandé mieux que d'ensevelir ainsi cette dangereuse figure. Elle n'aura pas eu d'ami pour l'encourager à défendre la place qu'elle a dû occuper d'abord sur le premier plan, chacune de ces perfides danseuses aura intimé l'ordre aux hommes de sa coterie de ne pas engager notre pauvre amie, sous peine des plus terribles punitions. Voilà, mon cher, comment ces minois si tendres, si candides en apparence, auront formé leur coalition contre l'inconnue ; et cela, sans qu'aucune de ces femmes-là se soit dit autre chose que : – Connaissez-vous, ma chère, cette petite dame bleue ? Tiens, Martial, si tu veux être accablé en un quart d'heure de plus de regards flatteurs et d'interrogations provocantes que tu n'en recevras peut-être dans toute ta vie, essaie de vouloir percer le triple rempart qui défend la reine de la Dyle, de la Lippe ou de la Charente. Tu verras si la plus stupide de ces femmes ne saura pas inventer aussitôt une ruse capable d'arrêter l'homme le plus déterminé à mettre en lumière notre plaintive inconnue. Ne trouves-tu pas qu'elle a un peu l'air d'une élégie ?

– Vous croyez, Montcornet ? Ce serait donc une femme mariée ?

– Pourquoi ne serait-elle pas veuve ?

– Elle serait plus active, dit en riant le maître des requêtes.

– Peut-être est-ce une veuve dont le mari joue à la bouillotte, répliqua le beau cuirassier.

– En effet, depuis la paix, il se fait tant de ces sortes de veuves ? répondit Martial. Mais, mon cher Montcornet, nous sommes deux niais. Cette tête exprime encore trop d'ingénuité, il respire encore trop de jeunesse et de verdeur sur le front et autour des tempes, pour que ce soit une femme. Quels vigoureux tons de carnation ! rien n'est flétri dans les méplats du nez. Les lèvres, le menton, tout dans cette figure est frais comme un bouton de rose blanche, quoique la physionomie en soit comme voilée par les nuages de la tristesse. Qui peut faire pleurer cette jeune personne ?

– Les femmes pleurent pour si peu de chose, dit le colonel.

– Je ne sais, reprit Martial, mais elle ne pleure pas d'être là sans danser, son chagrin ne date pas d'aujourd'hui ; l'on voit qu'elle s'est faite belle pour ce soir par préméditation. Elle aime déjà, je le parierais.

– Bah ? peut-être est-ce la fille de quelque princillon d'Allemagne, personne ne lui parle, dit Montcornet.

– Ah ! combien une pauvre fille est malheureuse, reprit Martial. A-t-on plus de grâce et de finesse que notre petite inconnue ? Eh ! bien, pas une des mégères qui l'entourent et qui se disent sensibles ne lui adressera la parole. Si elle parlait, nous verrions si ses dents sont belles.

– Ah çà ! tu t'emportes donc comme le lait à la moindre élévation de température ? s'écria le colonel un peu piqué de rencontrer si promptement un rival dans son ami.

– Comment ! dit le maître des requêtes sans s'apercevoir de l'interrogation du général et en dirigeant son lorgnon sur tous les personnages qui les entouraient, comment ! personne ici ne pourra nous nommer cette fleur exotique ?

– Eh ! c'est quelque demoiselle de compagnie, lui dit Montcornet.

– Bon ! une demoiselle de compagnie parée de saphirs dignes d'une reine et une robe de Malines ? À d'autres, général ! Vous ne serez pas non plus très-fort en diplomatie si dans vos évaluations vous passez en un moment de la princesse allemande à la demoiselle de compagnie.

Le général Montcornet arrêta par le bras un petit homme gras dont les cheveux grisonnants et les yeux spirituels se voyaient à toutes les encoignures de portes, et qui se mêlait sans cérémonie aux différents groupes où il était respectueusement accueilli.

– Gondreville, mon cher ami, lui dit Montcornet, quelle est donc cette charmante petite femme assise là-bas sous cet immense candélabre ?

– Le candélabre ? Ravrio, mon cher, Isabey en a donné le dessin.

– Oh ! j'ai déjà reconnu ton goût et ton faste dans le meuble ; mais la femme ?

Ah ! je ne la connais pas. C'est sans doute une amie de ma femme.

– Ou ta maîtresse, vieux sournois.

– Non, parole d'honneur ! La comtesse de Gondreville est la seule femme capable d'inviter des gens que personne ne connaît.

Malgré cette observation pleine d'aigreur, le gros petit homme conserva sur ses lèvres le sourire de satisfaction intérieure que la supposition du colonel des cuirassiers y avait fait naître. Celui-ci rejoignit, dans un groupe voisin, le maître des requêtes occupé alors à y chercher, mais en vain, des renseignements sur l'inconnue. Il le saisit par le bras et lui dit à l'oreille : – Mon cher Martial, prends garde à toi ! Madame de Vaudremont te regarde depuis quelques minutes avec une attention désespérante, elle est femme à deviner au mouvement seul de tes lèvres ce que tu me dirais, nos yeux n'ont été déjà que trop significatifs, elle en a très-bien aperçu et suivi la direction, et je la crois en ce moment plus occupée que nous-mêmes de la petite dame bleue.

– Vieille ruse de guerre, mon cher Montcornet ! que m'importe d'ailleurs ? Je suis comme l'empereur, quand je fais des conquêtes, je les garde.

– Martial, ta fatuité cherche des leçons. Comment ! péquin, tu as le bonheur d'être le mari désigné de madame de Vaudremont, d'une veuve de vingt-deux ans, affligée de quatre mille napoléons de rente, d'une femme qui te passe au doigt des diamants aussi beaux que celui-ci, ajouta-t-il en prenant la main gauche du maître des requêtes qui la lui abandonna complaisamment, et tu as encore la prétention de faire le Lovelace, comme si tu étais colonel, et obligé de soutenir la réputation militaire dans les garnisons ! fi ! Mais réfléchis donc à tout ce que tu peux perdre.

— Je ne perdrai pas, du moins, ma liberté, répliqua Martial en riant forcément.

Il jeta un regard passionné à madame de Vaudremont qui n'y répondit que par un sourire plein d'inquiétude, car elle avait vu le colonel examinant la bague du maître des requêtes.

— Écoute, Martial, reprit le colonel, si tu voltiges autour de ma jeune inconnue, j'entreprendrai la conquête de madame de Vaudremont.

— Permis à vous, cher cuirassier, mais vous n'obtiendrez pas cela, dit le jeune maître des requêtes en mettant l'ongle poli de son pouce sous une de ses dents supérieures de laquelle il tira un petit bruit goguenard.

— Songe que je suis garçon, reprit le colonel, que mon épée est toute ma fortune, et que me défier ainsi, c'est asseoir Tantale devant un festin qu'il dévorera.

— Prrr !

Cette railleuse accumulation de consonnes servit de réponse à la provocation du général, que son ami toisa plaisamment avant de le quitter. La mode de ce temps obligeait un homme à porter au bal une culotte de casimir blanc et des bas de soie. Ce joli costume mettait en relief la perfection des formes de Montcornet, alors âgé de trente-cinq ans et qui attirait le regard par cette haute taille exigée pour les cuirassiers de la garde impériale dont le bel uniforme rehaussait encore sa prestance, encore jeune malgré l'embonpoint qu'il devait à l'équitation. Ses moustaches noires ajoutaient à l'expression franche d'un visage vraiment militaire dont le front était large et découvert, le nez aquilin et la bouche vermeille. Les manières de Montcornet, empreintes d'une certaine noblesse due à l'habitude du commandement, pouvaient plaire à une femme qui aurait eu le bon esprit de ne pas vouloir faire un esclave de son mari. Le colonel sourit en regardant le maître des requêtes, l'un de ses meilleurs amis de collége, et dont la petite taille svelte l'obligea, pour répondre à sa moquerie, de porter un peu bas son coup d'œil amical.

Le baron Martial de la Roche-Hugon était un jeune Provençal que Napoléon protégeait et qui semblait promis à quelque fastueuse ambassade, il avait séduit l'empereur par une complaisance italienne, par le génie de l'intrigue, par cette éloquence de salon et cette science des manières qui remplacent si facilement les éminentes qualités d'un homme solide. Quoique vive et jeune, sa figure possédait déjà l'éclat immobile du fer-blanc, l'une des qualités indispensables aux diplomates et qui leur permet de cacher leurs émotions, de déguiser leurs sentiments, si toutefois cette impassibilité n'annonce pas en eux l'absence de toute émotion et la mort des sentiments. On peut regarder le cœur des diplomates comme un problème insoluble, car les trois plus illustres ambassadeurs de l'époque se sont signalés par la persistance de la haine, et par des attachements romanesques. Néanmoins, Martial appartenait à cette classe d'hommes capables de calculer leur avenir au milieu de leurs plus ardentes jouissances, il avait déjà jugé le monde et cachait son ambition sous la fatuité de l'homme à bonnes fortunes, en déguisant son talent sous les livrées de la médiocrité, après avoir remarqué la rapidité avec laquelle s'avançaient les gens qui donnaient peu d'ombrage au maître.

Les deux amis furent obligés de se quitter en se donnant une cordiale poignée de main. La ritournelle qui prévenait les dames de former les quadrilles d'une nouvelle contredanse chassa les hommes du vaste espace où ils causaient au milieu du salon. Cette conversation rapide, tenue dans l'intervalle qui sépare toujours les contredanses, eut lieu devant la cheminée du grand salon de l'hôtel Gondreville. Les demandes et les réponses de ce bavardage assez commun au bal avaient été comme soufflées par chacun des deux interlocuteurs à l'oreille de son voisin. Néanmoins les girandoles et les flambeaux de la cheminée répandaient une si abondante lumière sur les deux amis que leurs figures trop fortement éclairées ne purent déguiser, malgré leur discrétion diplomatique, l'imperceptible expression de leurs sentiments, ni à la fine comtesse, ni à la candide inconnue. Cet espionnage de la pensée est peut-être chez les oisifs un des plaisirs qu'ils trouvent dans le monde, tandis que tant de niais dupés s'y ennuient sans oser en convenir.

Pour comprendre tout l'intérêt de cette conversation, il est nécessaire de raconter un événement qui par d'invisibles liens allait réunir les personnages de ce petit drame, alors épars dans les salons. À onze heures du soir environ, au moment où les danseuses reprenaient leurs places, la société de l'hôtel Gondreville avait vu apparaître la plus belle femme de Paris, la reine de la mode, la seule qui manquât à cette splendide assemblée. Elle se faisait une loi de ne jamais arriver qu'à l'instant où les salons offraient ce mouvement animé qui ne permet pas aux femmes de garder long-temps la fraîcheur de leurs figures ni celle de leurs toilettes. Ce moment rapide est comme le printemps d'un bal. Une heure après, quand le plaisir a passé, quand la fatigue arrive, tout y est flétri. Madame de Vaudremont ne commettait jamais la faute de rester à une fête pour s'y montrer avec des fleurs penchées, des boucles défrisées, des garnitures froissées, avec une figure semblable à toutes celles qui, sollicitées par le sommeil, ne le trompent pas toujours. Elle se gardait bien de laisser voir, comme ses rivales, sa beauté endormie ; elle savait soutenir habilement sa réputation de coquetterie en se retirant toujours d'un bal aussi brillante qu'elle y était entrée. Les femmes se disaient à l'oreille, avec un sentiment d'envie, qu'elle préparait et mettait autant de parures qu'elle avait de bals dans une soirée. Cette fois, madame de Vaudremont ne devait pas être maîtresse de quitter à son gré le salon où elle arrivait alors en triomphe. Un moment arrêtée sur le seuil de la porte, elle jeta des regards observateurs, quoique rapides, sur les femmes dont les toilettes furent aussitôt étudiées afin de se convaincre que la sienne les éclipserait toutes. La célèbre coquette s'offrit à l'admiration de l'assemblée, conduite par un des plus braves colonels de l'artillerie de la Garde, un favori de l'empereur, le comte de Soulanges. L'union momentanée et fortuite de ces deux personnages eut sans doute quelque chose de mystérieux. En entendant annoncer monsieur de Soulanges et la comtesse de Vaudremont, quelques femmes placées en tapisserie se levèrent, et des hommes accourus des salons voisins se pressèrent aux portes du salon principal. Un de ces plaisants, qui ne manquent jamais à ces réunions nombreuses, dit en voyant entrer la comtesse et son chevalier : « Que les dames avaient tout autant de curiosité à contempler un homme fidèle à sa passion, que les hommes à examiner une jolie femme difficile à fixer. » Quoique le comte de Soulanges, jeune homme d'environ trente-deux ans, fût doué de ce tempérament nerveux qui engendre chez l'homme les grandes qualités, ses formes grêles et son teint pâle prévenaient peu en sa faveur ; ses yeux noirs annonçaient beaucoup de vivacité, mais dans le monde il était taciturne, et rien en lui ne révélait l'un des talents oratoires qui devaient briller à la Droite dans les assemblées législatives de la Restauration. La comtesse de Vaudremont, grande femme légèrement grasse, d'une peau éblouissante de blancheur, qui portait bien sa petite tête et possédait l'immense avantage d'inspirer l'amour par la gentillesse de ses manières, était de ces créatures qui tiennent toutes les promesses que fait leur beauté. Ce couple, devenu pour quelques instants l'objet de l'attention générale, ne laissa pas long-temps la curiosité s'exercer sur son compte. Le colonel et la comtesse semblèrent parfaitement comprendre que le hasard venait de les placer dans une situation gênante. En les voyant s'avancer, Martial s'élança dans le groupe d'hommes qui occupait le poste de la cheminée, pour observer, à travers les têtes qui lui formaient comme un rempart, madame de Vaudremont avec l'attention jalouse que donne le premier feu de la passion : une voix secrète semblait lui dire que le succès dont il s'enorgueillissait serait peut-être précaire ; mais le sourire de politesse froide par lequel la comtesse remercia monsieur de Soulanges, et le geste qu'elle fit pour le congédier en s'asseyant auprès de madame de Gondreville, détendirent tous les muscles que la jalousie avait contractés sur sa figure. Cependant apercevant debout à deux pas du canapé sur lequel était madame de Vaudremont, Soulanges, qui parut ne plus comprendre le regard par lequel la jeune coquette lui avait dit qu'ils jouaient l'un et l'autre un rôle ridicule, le Provençal à la tête volcanique fronça de nouveau les noirs sourcils qui ombrageaient ses yeux bleus, caressa par maintien les boucles de ses cheveux bruns, et, sans trahir l'émotion qui lui faisait palpiter le cœur, il surveilla la contenance de la comtesse et celle de monsieur de Soulanges, tout en badinant avec ses voisins, il saisit alors la main du colonel qui venait renouveler connaissance avec lui, mais il l'écouta sans l'entendre, tant il était préoccupé. Soulanges jetait des regards tranquilles sur la quadruple rangée de femmes qui encadrait l'immense salon du sénateur, en admirant cette bordure de diamants, de rubis, de gerbes d'or et de têtes parées dont l'éclat faisait presque pâlir le feu des bougies, le cristal des lustres et les dorures. Le calme insouciant de son rival fit perdre contenance au maître des requêtes. Incapable de maîtriser la secrète impatience qui le transportait, Martial s'avança vers madame de Vaudremont pour la saluer. Quand le Provençal apparut, Soulanges lui lança un regard terne et détourna la tête avec impertinence. Un silence grave régna dans le salon où la curiosité fut à son comble. Toutes les têtes tendues offrirent les expressions les plus bizarres, chacun craignit et attendit un de ces éclats que les gens bien élevés se gardent toujours de faire. Tout à coup la pâle figure du comte devint aussi rouge que l'écarlate de ses parements, et ses regards se baissèrent aussitôt vers le parquet, pour ne pas laisser deviner le sujet de son trouble. En voyant l'inconnue humblement placée au pied du candélabre, il passa d'un air triste devant le maître des requêtes, et se réfugia dans un des salons de jeu. Martial et l'assemblée crurent que Soulanges lui cédait publiquement la place, par la crainte du ridicule qui s'attache toujours aux amants détrônés. Le maître des requêtes releva fièrement la tête, regarda l'inconnue ; puis quand il s'assit avec aisance auprès de madame de Vaudremont, il l'écouta d'un air si distrait qu'il n'entendit pas ces paroles prononcées sous l'éventail par la coquette : – Martial, vous me ferez plaisir de ne pas porter ce soir la bague que vous m'avez arrachée. J'ai mes raisons, et vous les expliquerai, dans un moment, quand nous nous retirerons. Vous me donnez le bras pour aller chez la princesse de Wagram.

– Pourquoi donc avez-vous pris la main du colonel ? demanda le baron.

— Je l'ai rencontré sous le péristyle, répondit-elle ; mais, laissez-moi, chacun nous observe.

Martial rejoignit le colonel de cuirassiers. La petite dame bleue devint alors le lien commun de l'inquiétude qui agitait à la fois et si diversement le cuirassier, Soulanges, Martial et la comtesse de Vaudremont. Quand les deux amis se séparèrent après s'être porté le défi qui termina leur conversation, le maître des requêtes s'élança vers madame de Vaudremont, et sut la placer au milieu du plus brillant quadrille. À la faveur de cette espèce d'enivrement dans lequel une femme est toujours plongée par la danse et par le mouvement d'un bal où les hommes se montrent avec le charlatanisme de la toilette qui ne leur donne pas moins d'attraits qu'elle en prête aux femmes, Martial crut pouvoir s'abandonner impunément au charme qui l'attirait vers l'inconnue. S'il réussit à dérober les premiers regards qu'il jeta sur la dame bleue à l'inquiète activité des yeux de la comtesse, il fut bientôt surpris en flagrant délit ; et s'il fit excuser une première préoccupation, il ne justifia pas l'impertinent silence par lequel il répondit plus tard à la plus séduisante des interrogations qu'une femme puisse adresser à un homme : m'aimez-vous ce soir ? Plus il était rêveur, plus la comtesse se montrait pressante et taquine. Pendant que Martial dansait, le colonel alla de groupe en groupe y quêtant des renseignements sur la jeune inconnue. Après avoir épuisé la complaisance de toutes les personnes, et même celle des indifférents, il se déterminait à profiter d'un moment où la comtesse de Gondreville paraissait libre pour lui demander à elle-même le nom de cette dame mystérieuse, quand il aperçut un léger vide entre la colonne brisée qui supportait le candélabre et les deux divans qui venaient y aboutir. Le colonel profita du moment où la danse laissait vacante une grande partie des chaises qui formaient plusieurs rangs de fortifications défendues par des mères ou par des femmes d'un certain âge, et entreprit de traverser cette palissade couverte de châles et de mouchoirs. Il se mit à complimenter les douairières ; puis, de femme en femme, de politesse en politesse, il finit par atteindre auprès de l'inconnue la place vide. Au risque d'accrocher les griffons et les chimères de l'immense flambeau, il se maintint là sous le feu et la cire des bougies, au grand mécontentement de Martial. Trop adroit pour interpeller brusquement la petite dame bleue qu'il avait à sa droite, le colonel commença par dire à une grande dame assez laide qui se trouvait assise à sa gauche : – Voilà, madame, un bien beau bal ! Quel luxe ! quel mouvement ! D'honneur, les femmes y sont toutes jolies ! Si vous ne dansez pas, c'est sans doute mauvaise volonté.

Cette insipide conversation engagée par le colonel avait pour but de faire parler sa voisine de droite, qui, silencieuse et préoccupée, ne lui accordait pas la plus légère attention. L'officier tenait en réserve une foule de phrases qui devaient se terminer par un : Et vous, madame ? sur lequel il comptait beaucoup. Mais il fut étrangement surpris en apercevant quelques larmes dans les yeux de l'inconnue, que madame de Vaudremont paraissait captiver entièrement.

– Madame est sans doute mariée, demanda enfin le colonel Montcornet d'une voix mal assurée.

– Oui, monsieur, répondit l'inconnue.

– Monsieur votre mari est sans doute ici ?

– Oui, monsieur.

– Et pourquoi donc, madame, restez-vous à cette place ? est-ce par coquetterie ?

L'affligée sourit tristement.

– Accordez-moi l'honneur, madame, d'être votre cavalier pour la contredanse suivante, et je ne vous ramènerai certes pas ici ! Je vois près de la cheminée une gondole vide, venez-y. Quand tant de gens s'apprêtent à trôner, et que la folie du jour est la royauté, je ne conçois pas que vous refusiez d'accepter le titre de reine du bal qui semble promis à votre beauté.

– Monsieur, je ne danserai pas.

L'intonation brève des réponses de cette femme était si désespérante, que le colonel se vit forcé d'abandonner la place. Martial, qui devina la dernière demande du colonel et le refus qu'il essuyait, se mit à sourire et se caressa le menton en faisant briller la bague qu'il avait au doigt.

– De quoi riez-vous ? lui dit la comtesse de Vaudremont.

– De l'insuccès de ce pauvre colonel, qui vient de faire un pas de clerc…

– Je vous avais prié d'ôter votre bague, reprit la comtesse en l'interrompant.

– Je ne l'ai pas entendu.

– Si vous n'entendez rien ce soir, vous savez voir tout, monsieur le baron, répondit madame de Vaudremont d'un air piqué.

– Voilà un jeune homme qui montre un bien beau brillant, dit alors l'inconnue au colonel.

– Magnifique, répondit-il. Ce jeune homme est le baron Martial de la Roche-Hugon, un de mes plus intimes amis.

– Je vous remercie de m'avoir dit son nom, reprit-elle, il paraît fort aimable.

– Oui, mais il est un peu léger.

– On pourrait croire qu'il est bien avec la comtesse de Vaudremont, demanda la jeune dame en interrogeant des yeux le colonel.

– Du dernier mieux !

L'inconnue pâlit.

– Allons, pensa le militaire, elle aime ce diable de Martial.

Je croyais madame de Vaudremont engagée depuis longtemps avec monsieur de Soulanges, reprit la jeune femme un peu remise de la souffrance intérieure qui venait d'altérer l'éclat de son visage.

– Depuis huit jours, la comtesse le trompe, répondit le colonel. Mais vous devez avoir vu ce pauvre Soulanges à son entrée ; il essaie encore de ne pas croire à son malheur.

– Je l'ai vu, dit la dame bleue. Puis elle ajouta un : – Monsieur, je vous remercie, dont l'intonation équivalait à un congé.

En ce moment, la contredanse étant près de finir, le colonel, désappointé, n'eut que le temps de se retirer en se disant par manière de consolation : – Elle est mariée.

– Eh bien ! courageux cuirassier, s'écria le baron en entraînant le colonel dans l'embrasure d'une croisée pour y respirer l'air pur des jardins, où en êtes-vous ?

– Elle est mariée, mon cher.

– Qu'est-ce que cela fait ?

– Ah diantre ! j'ai des mœurs, répondit le colonel, je ne veux plus m'adresser qu'à des femmes que je puisse épouser. D'ailleurs, Martial, elle m'a formellement manifesté la volonté de ne pas danser.

– Colonel, parions votre cheval gris pommelé contre cent napoléons qu'elle dansera ce soir avec moi.

– Je veux bien ! dit le colonel en frappant dans la main du fat. En attendant, je vais voir Soulanges, il connaît peut-être cette dame qui m'a semblé s'intéresser à lui.

– Mon brave, vous avez perdu, dit Martial en riant. Mes yeux se sont rencontrés avec les siens, et je m'y connais. Cher colonel, vous ne m'en voudrez pas de danser avec elle après le refus que vous avez essuyé ?

– Non, non, rira bien qui rira le dernier. Au reste, Martial, je suis beau joueur et bon ennemi, je te préviens qu'elle aime les diamants.

À ce propos, les deux amis se séparèrent. Le général Montcornet se dirigea vers le salon de jeu, où il aperçut le comte de Soulanges assis à une table de bouillotte. Quoiqu'il n'existât entre les deux colonels que cette amitié banale établie par les périls de la guerre et les devoirs du service, le colonel des cuirassiers fut douloureusement affecté de voir le colonel d'artillerie, qu'il connaissait pour un homme sage, engagé dans une partie où il pouvait se ruiner. Les monceaux d'or et de billets étalés sur le fatal tapis attestaient la fureur du jeu. Un cercle d'hommes silencieux entourait les joueurs attablés. Quelques mots retentissaient bien parfois comme : Passe, jeu, tiens, mille louis, tenus ; mais il semblait, en regardant ces cinq personnages immobiles, qu'ils ne se parlassent que des yeux. Quand le colonel, effrayé de la pâleur de Soulanges, s'approcha de lui, le comte gagnait. L'ambassadeur autrichien, un banquier célèbre se levaient complètement décavés de sommes considérables. Soulanges devint encore plus sombre en recueillant une masse d'or et de billets, il ne compta même pas ; un amer dédain crispa ses lèvres, il semblait menacer la fortune au lieu de la remercier de ses faveurs.

– Courage, lui dit le colonel, courage, Soulanges ! puis croyant lui rendre un vrai service en l'arrachant au jeu : Venez, ajouta-t-il, j'ai une bonne nouvelle à vous apprendre, mais à une condition.

– Laquelle ? demanda Soulanges.

– Celle de me répondre à ce que je vous demanderai.

Le comte de Soulanges se leva brusquement, mit son gain d'un air fort insouciant dans un mouchoir qu'il avait tourmenté d'une manière convulsive, et son visage était si farouche, qu'aucun joueur ne s'avisa de trouver mauvais qu'il fît Charlemagne. Les figures parurent même se dilater quand cette tête maussade et chagrine ne fut plus dans le cercle lumineux que décrit au-dessus d'une table un flambeau de bouillotte.

– Ces diables de militaires s'entendent comme des larrons en foire ! dit à voix basse un diplomate de la galerie en prenant la place du colonel.

Une seule figure blême et fatiguée se tourna vers le rentrant, et lui dit en lui lançant un regard qui brilla, mais s'éteignit comme le feu d'un diamant : – Qui dit militaire ne dit pas civil, monsieur le ministre.

– Mon cher, dit Montcornet à Soulanges en l'attirant dans un coin, ce matin l'empereur a parlé de vous avec éloge, et votre promotion au maréchalat n'est pas douteuse.

– Le patron n'aime pas l'artillerie.

– Oui, mais il adore la noblesse et vous êtes un ci-devant ! Le patron, reprit Montcornet, a dit que ceux qui s'étaient mariés à Paris pendant la campagne ne devaient pas être considérés comme en disgrâce. Eh ! bien ?

Le comte de Soulanges semblait ne rien comprendre à ce discours.

– Ah çà ! j'espère maintenant, reprit le colonel, que vous me direz si vous connaissez une charmante petite femme assise au pied d'un candélabre…

À ces mots, les yeux du comte s'animèrent, il saisit avec une violence inouïe la main du colonel : – Mon cher général, lui dit-il d'une voix sensiblement altérée, si un autre que vous me faisait cette question, je lui fendrais le crâne avec cette masse d'or. Laissez-moi, je vous en supplie. J'ai plus envie, ce soir, de me brûler la cervelle, que… Je hais tout ce que je vois. Aussi, vais-je partir. Cette joie, cette musique, ces visages stupides qui rient m'assassinent.

– Mon pauvre ami, reprit d'une voix douce Montcornet en frappant amicalement dans la main de Soulanges, vous êtes passionné ! Que diriez-vous donc si je vous apprenais que Martial songe si peu à madame de Vaudremont, qu'il s'est épris de cette petite dame !

– S'il lui parle, s'écria Soulanges en bégayant de fureur, je le rendrai aussi plat que son portefeuille, quand même le fat serait dans le giron de l'empereur.

Et le comte tomba comme anéanti sur la causeuse vers laquelle le colonel l'avait mené. Ce dernier se retira lentement, il s'aperçut que Soulanges était en proie à une colère trop violente pour que des plaisanteries ou les soins d'une amitié superficielle pussent le calmer. Quand le colonel Montcornet rentra dans le grand salon de danse, madame de Vaudremont fut la première personne qui s'offrit à ses regards, et il remarqua sur sa figure, ordinairement si calme, quelques traces d'une agitation mal déguisée. Une chaise était vacante auprès d'elle, le colonel vint s'y asseoir.

– Je gage que vous êtes tourmentée ? dit-il.

– Bagatelle, général. Je voudrais être partie d'ici, j'ai promis d'être au bal de la grande-duchesse de Berg, et il faut que j'aille auparavant chez la princesse de Wagram. Monsieur de la Roche-Hugon, qui le sait, s'amuse à conter fleurette à des douairières.

– Ce n'est pas là tout à fait le sujet de votre inquiétude, et je gage cent louis que vous resterez ici ce soir.

– Impertinent !

– J'ai donc dit vrai ?

– Eh bien ! que pensé-je ? reprit la comtesse en donnant un coup d'éventail sur les doigts du colonel. Je suis capable de vous récompenser si vous le devinez.

– Je n'accepterai pas le défi, j'ai trop d'avantages.

– Présomptueux !

– Vous craignez de voir Martial aux pieds…

– De qui ? demanda la comtesse en affectant la surprise.

– De ce candélabre, répondit le colonel en montrant la belle inconnue, et regardant la comtesse avec une attention gênante.

– Vous avez deviné, répondit la coquette en se cachant la figure sous son éventail, avec lequel elle se mit à jouer. La vieille madame de Grandlieu, qui, vous le savez, est maligne comme un vieux singe, reprit-elle après un moment de silence, vient de me dire que monsieur de la Roche-Hugon courait quelques dangers à courtiser cette inconnue qui se trouve ce soir ici comme un trouble-fête. J'aimerais mieux voir la mort que cette figure si cruellement belle et pâle autant qu'une vision. C'est mon mauvais génie. Madame de Grandlieu, continua-t-elle après avoir laissé échapper un signe de dépit, qui ne va au bal que pour tout voir en faisant semblant de dormir, m'a cruellement inquiétée. Martial me paiera cher le tour qu'il me joue. Cependant, engagez-le, général, puisque c'est votre ami, à ne pas me faire de la peine.

– Je viens de voir un homme qui ne se propose rien moins que de lui brûler la cervelle s'il s'adresse à cette petite dame. Cet homme-là, madame, est de parole. Mais je connais Martial, ces périls sont autant d'encouragements. Il y a plus ; nous avons parié. Ici le colonel baissa la voix.

– Serait-ce vrai ? demanda la comtesse.

– Sur mon honneur.

– Merci, général, répondit madame de Vaudremont en lui lançant un regard plein de coquetterie.

– Me ferez-vous l'honneur de danser avec moi ?

– Oui, mais la seconde contredanse. Pendant celle-ci, je veux savoir ce que peut devenir cette intrigue, et savoir qui est cette petite dame bleue, elle a l'air spirituel.

Le colonel, voyant que madame de Vaudremont voulait être seule, s'éloigna satisfait d'avoir si bien commencé son attaque.

Il se rencontre dans les fêtes quelques dames qui, semblables à madame de Grandlieu, sont là comme de vieux marins occupés sur le bord de la mer à contempler les jeunes matelots aux prises avec les tempêtes. En ce moment, madame de Grandlieu, qui paraissait s'intéresser aux personnages de cette scène, put facilement deviner la lutte à laquelle la comtesse était en proie. La jeune coquette avait beau s'éventer gracieusement, sourire à des jeunes gens qui la saluaient et mettre en usage les ruses dont se sert une femme pour cacher son émotion, la douairière, l'une des plus perspicaces et malicieuses duchesses que le dix-huitième siècle avait léguées au dix-neuvième, savait lire dans son cœur et dans sa pensée. La vieille dame semblait reconnaître les mouvements imperceptibles qui décèlent les affections de l'âme. Le pli le plus léger qui venait rider ce front si blanc et si pur, le tressaillement le plus insensible des pommettes, le jeu des sourcils, l'inflexion la moins visible des lèvres dont le corail mouvant ne pouvait lui rien cacher, étaient pour la duchesse comme les caractères d'un livre. Du fond de sa bergère, que sa robe remplissait entièrement, la coquette émérite, tout en causant avec un diplomate qui la recherchait afin de recueillir les anecdotes qu'elle contait si bien, s'admirait elle-même dans la jeune coquette ; elle la prit en goût en lui voyant si bien déguiser son chagrin et les déchirements de son cœur. Madame de Vaudremont ressentait en effet autant de douleur qu'elle feignait de gaieté : elle avait cru rencontrer dans Martial un homme de talent sur l'appui duquel elle comptait pour embellir sa vie de tous les enchantements du pouvoir ; en ce moment, elle reconnaissait une erreur aussi cruelle pour sa réputation que pour son amour-propre. Chez elle, comme chez les autres femmes de cette époque, la soudaineté des passions augmentait leur vivacité. Les âmes qui vivent beaucoup et vite ne souffrent pas moins que celles qui se consument dans une seule affection. La prédilection de la comtesse pour Martial était née de la veille, il est vrai ; mais le plus inepte des chirurgiens sait que la souffrance causée par l'amputation d'un membre vivant est plus douloureuse que ne l'est celle d'un membre malade. Il y avait de l'avenir dans le goût de madame de Vaudremont pour Martial, tandis que sa passion précédente était sans espérance, et empoisonnée par les remords de Soulanges. La vieille duchesse, qui épiait le moment opportun de parler à la comtesse, s'empressa de congédier son ambassadeur ; car, en présence de maîtresses et d'amants brouillés, tout intérêt pâlit, même chez une vieille femme. Pour engager la lutte, madame de Grandlieu lança sur madame de Vaudremont un regard sardonique qui fit craindre à la jeune coquette de voir son sort entre les mains de la douairière. Il est de ces regards de femme à femme qui sont comme des flambeaux amenés dans les dénouements de tragédie. Il faut avoir connu cette duchesse pour apprécier la terreur que le jeu de sa physionomie inspirait à la comtesse. Madame de Grandlieu était grande, ses traits faisaient dire d'elle : – Voilà une femme qui a dû être jolie ! Elle se couvrait les joues de tant de rouge que ses rides ne paraissaient presque plus ; mais loin de recevoir un éclat factice de ce carmin foncé, ses yeux n'en étaient que plus ternes. Elle portait une grande quantité de diamants, et s'habillait avec assez de goût pour ne pas prêter au ridicule. Son nez pointu annonçait l'épigramme. Un râtelier bien mis conservait à sa bouche une grimace d'ironie qui rappelait celle de Voltaire. Cependant l'exquise politesse de ses manières adoucissait si bien la tournure malicieuse de ses idées qu'on ne pouvait l'accuser de méchanceté. Les yeux gris de la vieille dame s'animèrent, un regard triomphal accompagné d'un sourire qui disait : – Je vous l'avais bien promis ! traversa le salon, et répandit l'incarnat de l'espérance sur les joues pâles de la jeune femme qui gémissait au pied du candélabre. Cette alliance entre madame de Grandlieu et l'inconnue ne pouvait échapper à l'œil exercé de la comtesse de Vaudremont, qui entrevit un mystère et le voulut pénétrer. En ce moment, le baron de la Roche-Hugon, après avoir achevé de questionner toutes les douairières sans pouvoir apprendre le nom de la dame bleue, s'adressait en désespoir de cause à la comtesse de Gondreville, et n'en recevait que cette réponse peu satisfaisante : – C'est une dame que l'ancienne duchesse de Grandlieu m'a présentée. En se retournant par hasard vers la bergère occupée par la vieille dame, le maître des requêtes en surprit le regard d'intelligence lancé sur l'inconnue, et quoiqu'il fût assez mal avec elle depuis quelque temps, il résolut de l'aborder. En voyant le sémillant baron rôdant autour de sa bergère, l'ancienne duchesse sourit avec une malignité sardonique, et regarda madame de Vaudremont d'un air qui fit rire le colonel Montcornet.

– Si la vieille bohémienne prend un air d'amitié, pensa le baron, elle va sans doute me jouer quelque méchant tour. – Madame, lui dit-il, vous vous êtes chargée, me dit-on, de veiller sur un bien précieux trésor !

– Me prenez-vous pour un dragon, demanda la vieille dame. Mais de qui parlez-vous ? ajouta-t-elle avec une douceur de voix qui rendit l'espérance à Martial.

– De cette petite dame inconnue que la jalousie de toutes ces coquettes a confinée là-bas. Vous connaissez sans doute sa famille ?

– Oui, dit la duchesse ; mais que voulez-vous faire d'une héritière de province, mariée depuis quelque temps, une fille bien née que vous ne connaissez pas, vous autres, elle ne va nulle part.

– Pourquoi ne danse-t-elle pas ? Elle est si belle ! Voulez-vous que nous fassions un traité de paix ? Si vous daignez m'instruire de tout ce que j'ai intérêt à savoir, je vous jure que votre demande en restitution des bois de Marigny par le domaine extraordinaire sera chaudement appuyée auprès de l'empereur.

– Monsieur, répondit la vieille dame avec une gravité trompeuse, amenez-moi la comtesse de Vaudremont. Je vous promets de lui révéler le mystère qui rend notre inconnue si intéressante. Voyez, tous les hommes du bal sont arrivés au même degré de curiosité que vous. Les yeux se portent involontairement vers ce candélabre où ma protégée s'est modestement placée, elle recueille tous les hommages qu'on a voulu lui ravir. Bienheureux celui qu'elle prendra pour danseur ! Là, elle s'interrompit en fixant la comtesse de Vaudremont par un de ces regards qui disent si bien : – Nous parlons de vous. Puis elle ajouta : – Je pense que vous aimerez mieux apprendre le nom de l'inconnue de la bouche de votre belle comtesse que de la mienne ?

L'attitude de la duchesse était si provocante que madame de Vaudremont se leva, vint auprès d'elle, s'assit sur la chaise que lui offrit Martial ; et, sans faire attention à lui : – Je devine, madame, lui dit-elle en riant, que vous parlez de moi ; mais j'avoue mon infériorité, je ne sais si c'est en bien ou en mal.

Madame de Grandlieu serra de sa vieille main sèche et ridée la jolie main de la jeune femme, et, d'un ton de compassion, elle lui répondit à voix basse : – Pauvre petite !

Les deux femmes se regardèrent. Madame de Vaudremont comprit que Martial était de trop, et le congédia en lui disant d'un air impérieux : – Laissez-nous !

Le maître des requêtes, peu satisfait de voir la comtesse sous le charme de la dangereuse sibylle qui l'avait attirée près d'elle, lui lança un de ces regards d'homme, puissants sur un cœur aveugle, mais qui paraissent ridicules à une femme quand elle commence à juger celui de qui elle s'est éprise.

– Auriez-vous la prétention de singer l'empereur ? dit madame de Vaudremont en mettant sa tête de trois quarts pour contempler le maître des requêtes d'un air ironique.

Martial avait trop l'usage du monde, trop de finesse et de calcul pour s'exposer à rompre avec une femme si bien en cour et que l'empereur voulait marier ; il compta d'ailleurs sur la jalousie qu'il se proposait d'éveiller en elle comme sur le meilleur moyen de deviner le secret de sa froideur, et s'éloigna d'autant plus volontiers qu'en cet instant une nouvelle contredanse mettait tout le monde en mouvement. Le baron eut l'air de céder la place aux quadrilles, il alla s'appuyer sur le marbre d'une console, se croisa les bras sur la poitrine, et resta tout occupé de l'entretien des deux dames. De temps en temps il suivait les regards que toutes deux jetèrent à plusieurs reprises sur l'inconnue. Comparant alors la comtesse à cette beauté nouvelle que le mystère rendait si attrayante, le baron fut en proie aux odieux calculs habituels aux hommes à bonnes fortunes : il flottait entre une fortune à prendre et son caprice à contenter. Le reflet des lumières faisait si bien ressortir sa figure soucieuse et sombre sur les draperies de moire blanche froissées par ses cheveux noirs, qu'on aurait pu le comparer à quelque mauvais génie. De loin, plus d'un observateur dut sans doute se dire : – Voilà encore un pauvre diable qui paraît s'amuser beaucoup !

L'épaule droite légèrement appuyée sur la chambranle de la porte qui se trouvait entre le salon de danse et la salle de jeu, le colonel pouvait rire incognito sous ses amples moustaches, il jouissait du plaisir de contempler le tumulte du bal ; il voyait cent jolies têtes tournoyant au gré des caprices de la danse ; il lisait sur quelques figures, comme sur celles de la comtesse et de son ami Martial, les secrets de leur agitation ; puis, en détournant la tête, il se demandait quel rapport existait entre l'air sombre du comte de Soulanges toujours assis sur la causeuse, et la physionomie plaintive de la dame inconnue sur le visage de laquelle apparaissait tour à tour les joies de l'espérance et les angoisses d'une terreur involontaire. Montcornet était là comme le roi de la fête, il trouvait dans ce tableau mouvant une vue complète du monde, et il en riait en recueillant les sourires intéressés de cent femmes brillantes et parées : un colonel de la garde impériale, poste qui comportait le grade de général de brigade, était certes un des plus beaux partis de l'armée. Il était minuit environ. Les conversations, le jeu, la danse, la coquetterie, les intérêts, les malices et les projets, tout arrivait à ce degré de chaleur qui arrache à un jeune homme cette exclamation : – Le beau bal !

– Mon bon petit ange, disait madame de Grandlieu à la comtesse, vous êtes à un âge où j'ai fait bien des fautes. En vous voyant souffrir tout à l'heure mille morts, j'ai eu la pensée de vous donner quelques avis charitables. Commettre des fautes à vingt-deux ans, n'est-ce pas gâter son avenir, n'est-ce pas déchirer la robe qu'on doit mettre ? Ma chère, nous n'apprenons que bien tard à nous en servir sans la chiffonner. Continuez, mon cœur, à vous procurer des ennemis adroits et des amis sans esprit de conduite, vous verrez quelle jolie petite vie vous mènerez un jour.

– Ah ! madame, une femme a bien de la peine à être heureuse, n'est-ce pas ? s'écria naïvement la comtesse.

– Ma petite, il faut savoir choisir, à votre âge, entre les plaisirs et le bonheur. Vous voulez épouser Martial, qui n'est ni assez sot pour faire un bon mari, ni assez passionné pour être un amant. Il a des dettes, ma chère, il est homme à dévorer votre fortune ; mais ce ne serait rien s'il vous donnait le bonheur. Ne voyez-vous combien il est vieux ? Cet homme doit avoir été souvent malade, il jouit de son reste. Dans trois ans, ce sera un homme fini. L'ambitieux commencera, peut-être réussira-t-il. Je ne le crois pas. Qu'est-il ? un intrigant qui peut posséder à merveille l'esprit des affaires et babiller agréablement ; mais il est trop avantageux pour avoir un vrai mérite, il n'ira pas loin. D'ailleurs, regardez-le ! Ne lit-on pas sur son front que, dans ce moment-ci, ce n'est pas une jeune et jolie femme qu'il voit en vous, mais les deux millions que vous possédez ? Il ne vous aime pas, ma chère, il vous calcule comme s'il s'agissait d'une affaire. Si vous voulez vous marier, prenez un homme plus âgé, qui ait de la considération, et qui soit à la moitié de son chemin. Une veuve ne doit pas faire de son mariage une affaire d'amourette. Une souris s'attrape-t-elle deux fois au même piége ? Maintenant, un nouveau contrat doit être une spéculation pour vous, et il faut, en vous remariant, avoir au moins l'espoir de vous entendre nommer un jour madame la maréchale.

En ce moment, les yeux des deux femmes se fixèrent naturellement sur la belle figure du colonel Montcornet.

– Si vous voulez jouer le rôle difficile d'une coquette et ne pas vous marier, reprit la duchesse avec bonhomie, ah ! ma pauvre petite, vous saurez mieux que toute autre amonceler les nuages d'une tempête et la dissiper. Mais, je vous en conjure, ne vous faites jamais un plaisir de troubler la paix des ménages, de détruire l'union des familles et le bonheur des femmes qui sont heureuses. Je l'ai joué, ma chère, ce rôle dangereux. Hé, mon Dieu, pour un triomphe d'amour-propre, on assassine souvent de pauvres créatures vertueuses ; car il existe vraiment, ma chère, des femmes vertueuses, et l'on se crée des haines mortelles. Un peu trop tard, j'ai appris que, suivant l'expression du duc d'Albe, un saumon vaut mieux que mille grenouilles ! Certes, un véritable amour donne mille fois plus de jouissances que les passions éphémères qu'on excite ! Eh bien ! je suis venue ici pour vous prêcher. Oui, vous êtes la cause de mon apparition dans ce salon qui pue le peuple. Ne viens-je pas d'y voir des acteurs ? Autrefois, ma chère, on les recevait dans son boudoir ; mais au salon, fi donc ! Pourquoi me regardez-vous d'un air si étonné ? Écoutez-moi ! Si vous voulez vous jouer des hommes, reprit la vieille dame, ne bouleversez le cœur que de ceux dont la vie n'est pas arrêtée, de ceux qui n'ont pas de devoirs à remplir ; les autres ne nous pardonnent pas les désordres qui les ont rendus heureux. Profitez de cette maxime due à ma vieille expérience. Ce pauvre Soulanges, par exemple, auquel vous avez fait tourner la tête, et que, depuis quinze mois, vous avez enivré, Dieu sait comme ! eh bien ! savez-vous sur quoi portaient vos coups ?… sur sa vie tout entière. Il est marié depuis six mois, il est adoré d'une charmante créature qu'il aime et qu'il trompe ; elle vit dans les larmes et dans le silence le plus amer. Soulanges a eu des moments de remords plus cruels que ses plaisirs n'étaient doux. Et vous, petite rusée, vous l'avez trahi. Eh bien ! venez contempler votre ouvrage.

La vieille duchesse prit la main de madame de Vaudremont, et elles se levèrent.

— Tenez, lui dit madame de Grandlieu en lui montrant des yeux l'inconnue pâle et tremblante sous les feux du lustre, voilà ma petite nièce, la comtesse de Soulanges, elle a enfin cédé aujourd'hui à mes instances, elle a consenti à quitter la chambre de douleur où la vue de son enfant ne lui apportait que de bien faibles consolations ; la voyez-vous ? elle vous paraît charmante : eh bien ! chère belle, jugez de ce qu'elle devait être quand le bonheur et l'amour répandaient leur éclat sur cette figure maintenant flétrie.

La comtesse détourna silencieusement la tête et parut en proie à de graves réflexions. La duchesse l'amena jusqu'à la porte de la salle de jeu ; puis, après y avoir jeté les yeux, comme si elle eût voulu y chercher quelqu'un : – Et voilà Soulanges, dit-elle à la jeune coquette d'un son de voix profond.

La comtesse frissonna quand elle aperçut, dans le coin le moins éclairé du salon, la figure pâle et contractée de Soulanges appuyé sur la causeuse : l'affaissement de ses membres et l'immobilité de son front accusaient toute sa douleur, les joueurs allaient et venaient devant lui, sans y faire plus d'attention que s'il eût été mort. Le tableau que présentaient la femme en larmes et le mari morne et sombre, séparés l'un de l'autre au milieu de cette fête, comme les deux moitiés d'un arbre frappé par la foudre, eut peut-être quelque chose de prophétique pour la comtesse. Elle craignit d'y voir une image des vengeances que lui gardait l'avenir. Son cœur n'était pas encore assez flétri pour que la sensibilité et l'indulgence en fussent entièrement bannies, elle pressa la main de la duchesse en la remerciant par un de ces sourires qui ont une certaine grâce enfantine.

– Mon cher enfant, lui dit la vieille femme à l'oreille, songez désormais que nous savons aussi bien repousser les hommages des hommes que nous les attirer.

– Elle est à vous, si vous n'êtes pas un niais.

Ces dernières paroles furent soufflées par madame de Grandlieu à l'oreille du colonel Montcornet pendant que la belle comtesse se livrait à la compassion que lui inspirait l'aspect de Soulanges, car elle l'aimait encore assez sincèrement pour vouloir le rendre au bonheur, et se promettait intérieurement d'employer l'irrésistible pouvoir qu'exerçaient encore ses séductions sur lui pour le renvoyer à sa femme.

– Oh ! comme je vais le prêcher, dit-elle à madame de Grandlieu.

N'en faites rien, ma chère ! s'écria la duchesse en regagnant sa bergère, choisissez-vous un bon mari et fermez votre porte à mon neveu. Ne lui offrez même pas votre amitié. Croyez-moi, mon enfant, une femme ne reçoit pas d'une autre femme le cœur de son mari, elle est cent fois plus heureuse de croire qu'elle l'a reconquis elle-même. En amenant ici ma nièce, je crois lui avoir donné un excellent moyen de regagner l'affection de son mari. Je ne vous demande, pour toute coopération, que d'agacer le général.

Et, quand elle lui montra l'ami du maître des requêtes, la comtesse sourit.

– Eh bien, madame, savez-vous enfin le nom de cette inconnue ? demanda le baron d'un air piqué à la comtesse quand elle se trouva seule.

– Oui, dit madame de Vaudremont en regardant le maître des requêtes.

Sa figure exprimait autant de finesse que de gaieté. Le sourire qui répandait la vie sur ses lèvres et sur ses joues, la lumière humide de ses yeux étaient semblables à ces feux follets qui abusent le voyageur. Martial, qui se crut toujours aimé, prit alors cette attitude coquette dans laquelle un homme se balance si complaisamment auprès de celle qu'il aime, et dit avec fatuité : – Et ne m'en voudrez-vous pas si je parais attacher beaucoup de prix à savoir ce nom ?

– Et ne m'en voudrez-vous pas, répliqua madame de Vaudremont, si, par un reste d'amour, je ne vous le dis pas, et si je vous défends de faire la moindre avance à cette jeune dame ? Vous risqueriez votre vie, peut-être.

– Madame, perdre vos bonnes grâces, n'est-ce pas perdre plus que la vie.

Martial, dit sévèrement la comtesse, c'est madame de Soulanges, son mari vous brûlerait la cervelle, si vous en avez toutefois.

– Ah ! ah ! répliqua le fat en riant, le colonel laissera vivre en paix celui qui lui a enlevé votre cœur et se battrait pour sa femme ? Quel renversement de principes ! Je vous en prie, permettez-moi de danser avec cette petite dame. Vous pourrez ainsi avoir la preuve du peu d'amour que renfermait pour vous ce cœur de neige, car si le colonel trouve mauvais que je fasse danser sa femme, après avoir souffert que je vous…

– Mais elle aime son mari.

– Obstacle de plus que j'aurai le plaisir de vaincre.

– Mais elle est mariée.

– Plaisante objection !

– Ah ! dit la comtesse avec un sourire amer, vous nous punissez également de nos fautes et de nos repentirs.

– Ne vous fâchez pas, dit vivement Martial. Oh ! je vous en supplie, pardonnez-moi. Tenez, je ne pense plus à madame de Soulanges.

– Vous mériteriez bien que je vous envoyasse auprès d'elle.

– J'y vais, dit le baron en riant, et je reviendrai plus épris de vous que jamais. Vous verrez que la plus jolie femme du monde ne peut s'emparer d'un cœur qui vous appartient.

– C'est-à-dire que vous voulez gagner le cheval du colonel.

– Ah ! le traître, répondit-il en riant et menaçant du doigt son ami qui souriait.

Le colonel arriva, le baron lui céda la place auprès de la comtesse à laquelle il dit d'un air sardonique : – Madame, voici un homme qui s'est vanté de pouvoir gagner vos bonnes grâces dans une soirée.

Il s'applaudit en s'éloignant d'avoir révolté l'amour-propre de la comtesse et desservi Montcornet ; mais, malgré sa finesse habituelle, il n'avait pas deviné l'ironie dont étaient empreints les propos de madame de Vaudremont, et ne s'aperçut point qu'elle avait fait autant de pas vers son ami que son ami vers elle, quoiqu'à l'insu l'un de l'autre. Au moment où le maître des requêtes s'approchait en papillonnant du candélabre sous lequel la comtesse de Soulanges, pâle et craintive, semblait ne vivre que des yeux, son mari arriva près de la porte du salon en montrant des yeux étincelants de passion. La vieille duchesse, attentive à tout, s'élança vers son neveu, lui demanda son bras et sa voiture pour sortir, en prétextant un ennui mortel et se flattant de prévenir ainsi un éclat fâcheux. Elle fit, avant de partir, un singulier signe d'intelligence à sa nièce, en lui désignant l'entreprenant cavalier qui se préparait à lui parler, et ce signe semblait lui dire : – Le voici, venge-toi.

Madame de Vaudremont surprit le regard de la tante et de la nièce, une lueur soudaine illumina son âme, elle craignit d'être la dupe de cette vieille dame si savante et si rusée en intrigue. – Cette perfide duchesse, se dit-elle, aura peut-être trouvé plaisant de me faire de la morale en me jouant quelque méchant tour de sa façon.

À cette pensée, l'amour-propre de madame de Vaudremont fut peut-être encore plus fortement intéressé que sa curiosité à démêler le fil de cette intrigue. La préoccupation intérieure à laquelle elle fut en proie ne la laissa pas maîtresse d'elle-même. Le colonel, interprétant à son avantage la gêne répandue dans les discours et les manières de la comtesse, n'en devint que plus ardent et plus pressant. Les vieux diplomates blasés, qui s'amusaient à observer le jeu des physionomies, n'avaient jamais rencontré tant d'intrigues à suivre ou à deviner. Les passions qui agitaient le double couple se diversifiaient à chaque pas dans ces salons animés en se représentant avec d'autres nuances sur d'autres figures. Le spectacle de tant de passions vives, toutes ces querelles d'amour, ces vengeances douces, ces faveurs cruelles, ces regards enflammés, toute cette vie brûlante répandue autour d'eux ne leur faisait sentir que plus vivement leur impuissance. Enfin, le baron avait pu s'asseoir auprès de la comtesse de Soulanges. Ses yeux erraient à la dérobée sur un cou frais comme la rosée, parfumé comme une fleur des champs. Il admirait de près des beautés qui de loin l'avaient étonné. Il pouvait voir un petit pied bien chaussé, mesurer de l'œil une taille souple et gracieuse. À cette époque, les femmes nouaient la ceinture de leurs robes précisément au-dessous du sein, à l'imitation des statues grecques, mode impitoyable pour les femmes dont le corsage avait quelque défaut. En jetant des regards furtifs sur ce sein, Martial resta ravi de la perfection des formes de la comtesse.

– Vous n'avez pas dansé une seule fois ce soir, madame, dit-il d'une voix douce et flatteuse ; ce n'est pas faute de cavalier, j'imagine ?

– Je ne vais point dans le monde, j'y suis inconnue, répondit avec froideur madame de Soulanges qui n'avait rien compris au regard par lequel sa tante venait de l'inviter à plaire au baron.

Martial fit alors jouer par maintien le beau diamant qui ornait sa main gauche, les feux jetés par la pierre semblèrent jeter une lueur subite dans l'âme de la jeune comtesse qui rougit et regarda le baron avec une expression indéfinissable.

– Aimez-vous la danse ? demanda le Provençal, pour essayer de renouer la conversation.

– Oh ! beaucoup, monsieur.

A cette étrange réponse, leurs regards se rencontrèrent. Le jeune homme, surpris de l'accent pénétrant qui réveilla dans son cœur une vague espérance, avait subitement interrogé les yeux de la jeune femme.

– Eh bien, madame, n'est-ce pas une témérité de ma part que de me proposer pour être votre partner à la première contredanse ?

Une confusion naïve rougit les joues blanches de la comtesse.

– Mais, monsieur, j'ai déjà refusé un danseur, un militaire…

– Serait-ce grand colonel de cavalerie que vous voyez là-bas ?

– Précisément.

– Eh ! c'est mon ami, ne craignez rien. M'accordez-vous la faveur que j'ose espérer ?

– Oui, monsieur.

Cette voix accusait une émotion si neuve et si profonde, que l'âme blasée du maître des requêtes en fut ébranlée. Il se sentit envahi par une timidité de lycéen, perdit son assurance, sa tête méridionale s'enflamma, il voulut parler, ses expressions lui parurent sans grâce, comparées aux reparties spirituelles et fines de madame de Soulanges. Il fut heureux pour lui que la contredanse commençât. Debout près de sa belle danseuse, il se trouva plus à l'aise. Pour beaucoup d'hommes, la danse est une manière d'être ; ils pensent, en déployant les grâces de leur corps, agir plus puissamment que par l'esprit sur le cœur des femmes. Le Provençal voulait sans doute employer en ce moment tous ses moyens de séduction, à en juger par la prétention de tous ses mouvements et de ses gestes. Il avait amené sa conquête au quadrille où les femmes les plus brillantes du salon mettaient une chimérique importance à danser préférablement à tout autre. Pendant que l'orchestre exécutait le prélude de la première figure, le baron éprouvait une incroyable satisfaction d'orgueil, quand, passant en revue les danseuses placées sur les lignes de ce carré redoutable, il s'aperçut que la toilette de madame de Soulanges défiait même celle de madame de Vaudremont qui, par un hasard cherché peut-être, faisait avec le colonel le vis-à-vis du baron et de la dame bleue. Les regards se fixèrent un moment sur madame de Soulanges : un murmure flatteur annonça qu'elle était le sujet de la conversation de chaque partner avec sa danseuse. Les œillades d'envie et d'admiration se croisaient si vivement sur elle, que la jeune femme, honteuse d'un triomphe auquel elle semblait se refuser, baissa modestement les yeux, rougit, et n'en devint que plus charmante. Si elle releva ses blanches paupières, ce fut pour regarder son danseur enivré, comme si elle eût voulu lui reporter la gloire de ces hommages et lui dire qu'elle préférait le sien à tous les autres ; elle mit de l'innocence dans sa coquetterie, ou plutôt elle parut se livrer à la naïve admiration par laquelle commence l'amour avec cette bonne foi qui ne se rencontre que dans de jeunes cœurs. Quand elle dansa, les spectateurs purent facilement croire qu'elle ne déployait ces grâces que pour Martial ; et, quoique modeste et neuve au manège des salons, elle sut, aussi bien que la plus savante coquette, lever à propos les yeux sur lui, les baisser avec une feinte modestie. Quand les lois nouvelles d'une contredanse inventée par le danseur Trénis, et à laquelle il donna son nom, amenèrent Martial devant le colonel : – J'ai gagné ton cheval, lui dit-il en riant.

– Oui, mais tu as perdu quatre-vingt mille livres de rente, lui répliqua le colonel en lui montrant madame de Vaudremont.

– Et qu'est-ce que cela me fait ! répondit Martial, madame de Soulanges vaut des millions.

À la fin de cette contredanse, plus d'un chuchotement résonnait à plus d'une oreille. Les femmes les moins jolies faisaient de la morale avec leurs danseurs, à propos de la naissante liaison de Martial et de la comtesse de Soulanges. Les plus belles s'étonnaient d'une telle facilité. Les hommes ne concevaient pas le bonheur du petit maître des requêtes auquel ils ne trouvaient rien de bien séduisant. Quelques femmes indulgentes disaient qu'il ne fallait pas se presser de juger la comtesse : les jeunes personnes seraient bien malheureuses si un regard expressif ou quelques pas gracieusement exécutés suffisaient pour compromettre une femme. Martial seul connaissait l'étendue de son bonheur. À la dernière figure, quand les dames du quadrille eurent à former le moulinet, ses doigts pressèrent alors ceux de la comtesse, et il crut sentir, à travers la peau fine et parfumée des gants, que les doigts de la jeune femme répondaient à son amoureux appel.

– Madame, lui dit-il au moment où la contredanse se termina, ne retournez pas dans cet odieux coin où vous avez enseveli jusqu'ici votre figure et votre toilette. L'admiration est-elle le seul revenu que vous puissiez tirer des diamants qui parent votre cou si blanc et vos nattes si bien tressées ? Venez faire une promenade dans les salons pour y jouir de la fête et de vous-même.

Madame de Soulanges suivit son séducteur, qui pensait qu'elle lui appartiendrait plus sûrement s'il parvenait à l'afficher. Tous deux, ils firent alors quelques tours à travers les groupes qui encombraient les salons de l'hôtel. La comtesse de Soulanges, inquiète, s'arrêtait un instant avant d'entrer dans chaque salon, et n'y pénétrait qu'après avoir tendu le cou pour jeter un regard sur tous les hommes. Cette peur, qui comblait de joie le petit maître des requêtes, ne semblait calmée que quand il avait dit à sa tremblante compagne : – Rassurez-vous, il n'y est pas. Ils parvinrent ainsi jusqu'à une immense galerie de tableaux, située dans une aile de l'hôtel, et où l'on jouissait par avance du magnifique aspect d'un ambigu préparé pour trois cents personnes. Comme le repas allait commencer, Martial entraîna la comtesse vers un boudoir ovale donnant sur les jardins, et où les fleurs les plus rares et quelques arbustes formaient un bocage parfumé sous de brillantes draperies bleues. Le murmure de la fête venait y mourir. La comtesse tressaillit en y entrant, et refusa obstinément d'y suivre le jeune homme ; mais, après avoir jeté les yeux sur une glace, elle y vit sans doute des témoins, car elle alla s'asseoir d'assez bonne grâce sur une ottomane.

– Cette pièce est délicieuse, dit-elle en admirant une tenture bleu-de-ciel relevée par des perles.

– Tout y est amour et volupté, dit le jeune homme fortement ému.

À la faveur de la mystérieuse clarté qui régnait, il regarda la comtesse et surprit sur sa figure doucement agitée une expression de trouble, de pudeur, de désir, qui l'enchanta. La jeune femme sourit, et ce sourire sembla mettre fin à la lutte des sentiments qui se heurtaient dans son cœur, elle prit de la manière la plus séduisante la main gauche de son adorateur, et lui ôta du doigt la bague sur laquelle ses yeux s'étaient arrêtés.

– Le beau diamant ! s'écria-t-elle avec la naïve expression d'une jeune fille qui laisse voir les chatouillements d'une première tentation.

Martial, ému de la caresse involontaire mais enivrante que la comtesse lui avait faite en dégageant le brillant, arrêta sur elle des yeux aussi étincelants que la bague.

– Portez-la, lui dit-il, en souvenir de cette heure céleste et pour l'amour de…

– Elle le contemplait avec tant d'extase qu'il n'acheva pas, il lui baisa la main.

– Vous me la donnez ? dit-elle avec un air d'étonnement.

– Je voudrais vous offrir le monde entier.

– Vous ne plaisantez pas ? reprit-elle d'une voix altérée par une satisfaction trop vive.

– N'acceptez-vous que mon diamant ?

– Vous ne me le reprendrez jamais, demanda-t-elle.

– Jamais.

Elle mit la bague à son doigt. Martial, comptant sur un prochain bonheur, fit un geste pour passer sa main sur la taille de la comtesse qui se leva tout à coup, et dit d'une voix claire, sans aucune émotion : – Monsieur, j'accepte ce diamant avec d'autant moins de scrupule qu'il m'appartient.

Le maître des requêtes resta tout interdit.

– Monsieur de Soulages le prit dernièrement sur ma toilette et me dit l'avoir perdu.

– Vous êtes dans l'erreur, madame, dit Martial d'un air piqué, je le tiens de madame de Vaudremont.

– Précisément, répliqua-t-elle en souriant. Mon mari m'a emprunté cette bague, la lui a donnée, elle vous en a fait présent, ma bague a voyagé, voilà tout. Cette bague me dira peut-être tout ce que j'ignore, et m'apprendra le secret de toujours plaire. Monsieur, reprit-elle, si elle n'eût pas été à moi, soyez sûr que je ne me serais pas hasardée à la payer si cher, car une jeune femme est, dit-on, en péril près de vous. Mais, tenez, ajouta-t-elle en faisant jouer un ressort caché sous la pierre, les cheveux de monsieur de Soulanges y sont encore.

Elle s'élança dans les salons avec une telle prestesse qu'il paraissait inutile d'essayer de la rejoindre ; et, d'ailleurs, Martial confondu ne se trouva pas d'humeur à tenter l'aventure. Le rire de madame de Soulanges avait trouvé un écho dans le boudoir où le jeune fat aperçut entre deux arbustes le colonel et madame de Vaudremont qui riaient de tout cœur.

– Veux-tu mon cheval pour courir après ta conquête ? lui dit le colonel.

La bonne grâce avec laquelle le baron supporta les plaisanteries dont l'accablèrent madame de Vaudremont et Montcornet, lui valut leur discrétion sur cette soirée, où son ami troqua son cheval de bataille contre une jeune, riche et jolie femme.

Pendant que la comtesse de Soulanges franchissait l'intervalle qui sépare la Chaussée-d'Antin du faubourg Saint-Germain où elle demeurait, son âme fut en proie aux plus vives inquiétudes. Avant de quitter l'hôtel de Gondreville, elle en avait parcouru les salons sans y rencontrer ni sa tante ni son mari partis sans elle. D'affreux pressentiments vinrent alors tourmenter son âme ingénue. Témoin discret des souffrances éprouvées par son mari depuis le jour où madame de Vaudremont l'avait attaché à son char, elle espérait avec confiance qu'un prochain repentir lui ramènerait son époux. Aussi était-ce avec une incroyable répugnance qu'elle avait consenti au plan formé par sa tante, madame de Grandlieu, et en ce moment elle craignait d'avoir commis une faute. Cette soirée avait attristé son âme candide. Effrayée d'abord de l'air souffrant et sombre du comte de Soulanges, elle le fut encore plus par la beauté de sa rivale, et la corruption du monde lui avait serré le cœur. En passant sur le Pont-Royal, elle jeta les cheveux profanés qui se trouvaient sous le diamant, jadis offert comme le gage d'un amour pur. Elle pleura en se rappelant les vives souffrances auxquelles elle était depuis si longtemps en proie, et frémit plus d'une fois en pensant que le devoir des femmes qui veulent obtenir la paix en ménage les obligeait à ensevelir au fond du cœur, et sans se plaindre, des angoisses aussi cruelles que les siennes.

– Hélas ! se dit-elle, comment peuvent faire les femmes qui n'aiment pas ? Où est la source de leur indulgence ? Je ne saurais croire, comme le dit ma tante, que la raison suffise pour les soutenir dans de tels dévouements.

Elle soupirait encore quand son chasseur abaissa l'élégant marchepied d'où elle s'élança sous le vestibule de son hôtel. Elle monta l'escalier avec précipitation, et quand elle arriva dans sa chambre, elle tressaillit de terreur en y voyant son mari assis auprès de la cheminée.

– Depuis quand, ma chère, allez-vous au bal sans moi, sans me prévenir ? demanda-t-il d'une voix altérée. Sachez qu'une femme est toujours déplacée sans son mari. Vous étiez singulièrement compromise dans le coin obscur où vous vous étiez nichée.

– Oh ! mon bon Léon, dit-elle d'une voix caressante, je n'ai pu résister au bonheur de te voir sans que tu me visses. Ma tante m'a menée à ce bal, et j'y ai été bien heureuse !

Ces accents désarmèrent les regards du comte de leur sévérité factice, car il venait de se faire de vifs reproches à lui-même, en appréhendant le retour de sa femme, sans doute instruite au bal d'une infidélité qu'il espérait lui avoir cachée, et selon la coutume des amants qui se sentent coupables, il essayait, en querellant la comtesse le premier, d'éviter sa trop juste colère. Il regarda silencieusement sa femme, qui dans sa brillante parure lui sembla plus belle que jamais. Heureuse de voir son mari souriant, et de le trouver à cette heure dans une chambre où, depuis quelque temps, il était venu moins fréquemment, la comtesse le regarda si tendrement qu'elle rougit et baissa les yeux. Cette clémence enivra d'autant plus Soulanges que cette scène succédait aux tourments qu'il avait ressentis pendant le bal ; il saisit la main de sa femme et la baisa par reconnaissance : ne se rencontre-t-il pas souvent de la reconnaissance dans l'amour ?

– Hortense, qu'as-tu donc au doigt qui m'a fait tant de mal aux lèvres ? demanda-t-il en riant.

– C'est mon diamant, que tu disais perdu, et que j'ai retrouvé.

Le général Montcornet n'épousa point madame de Vaudremont, malgré la bonne intelligence dans laquelle tous deux vécurent pendant quelques instants, car elle fut une des victimes de l'épouvantable incendie qui rendit à jamais célèbre le bal donné par l'ambassadeur d'Autriche, à l'occasion du mariage de l'empereur Napoléon avec la fille de l'empereur François II.